당신은 나에게 무엇입니까

당신은 나에게 무엇입니까

제운 스님 지음

지혜의나무

서문

인간은 과거를 가지고서 현재를 산다. 현재를 사는 것은 미래가 있기 때문이다. 미래란 아직 오지 않았기에 기다림이 되고 꿈꾸는 행복인지도 모른다.

그간 틈틈이 써 놓았던 '시'를 이른 봄에 발포하게 되었다. 이것은 우리들 삶에 있어서 처음부터 새롭게 시작하는 계절이기 때문이다.

봄날 시냇물 소리는 여느 때와는 다르다. 꽁꽁 언 인고의 찬 세월이 묻어나기 때문이다. 마치 영어(囹圄)의 몸에서부터 해방이 되는 것 같은 것이라 하겠다.

시란 인간의 감성 문을 두드리는 나그네다. 아는 것이 많아도, 반듯하게 잘생겼어도 감성이 메마른 사람은 사람다운 삶을 영위할 수 없다.
사람으로 세상에 나왔으면 사람답게 살아야지 사람답게 살지 못하는 삶은 참으로 슬플 뿐이다.

그러해서 인간은 늘 행복하기를 바란다. 늘 행복하기 위해서는 늘 자신을 되돌아보아야 한다. 되돌아보는 자신은 그림자와 같아서 잡으려 해도 잡을 수 없다. 그럼에도 그림자를 그냥 지나칠 수 없는 것이 오늘 우리들 삶이 아닐까?

나는 문인 승이면서 수행자다. 수행의 문턱에서 깨달음을 향하기도 하고 군생(群生)을 위함이 무엇일까를 생각하면서 어느 때는 시를 쓰고 어느 때는 그림을 그린다. 그것이 내가 사는 길이라 여긴다. 마치 지구가 스스로를 위해 자전하는 것처럼 말이다.

이 한 권의 시집을 대하며 마음의 감성과 행복을 향한 한 걸음이 되었으면 하는 바람이다.

용문사 說禪堂에서 동안거를 보내며
저자

차
례

2부 그리움

3부 향하여

4부 공문(空門)

1부
시절

봄 나무여

개울 물소리가 힘차다.
생기 돋은 강아지풀은 곱게 단장을 하고
마른 바위에는 푸른 이끼가 돋아난다.

봄 나무여
그대 희망으로
지난해 쌓인 낙엽 틈 사이로
온갖 생명이 준동하고 새 희망이 용솟음친다.

봄 나무여
그대 꿈으로
주검과 맞선 지난 겨울잠
개선 장군의 북 울림으로 미소되어 다가온다.

봄 나무여
그대의 바람처럼
외로운 고을에는 농부가 밭을 일구고
부푼 가슴 아낙네 호미 매고 앞산을 노래하네.

봄소식

봄이 오는 소리
창문을 타고 들려온다.

곱게 분칠한 아낙처럼
사뿐히 성큼 다가선다.

멀리 가까이엔
장벽을 깨뜨리는 생명의 소리
힘차게 속삭이듯 들려온다.

하늘하늘 나비가 춤을 추듯
물결 위로도 들려온다.

지축 뚫는 생명의 북장단이
내 침상까지 다가선다.

이제 긴 기지개를 편다.
봄이 오는 소리에.

봄의 찬가

새싹들이 노래하고
시냇물은 힘이 넘친다.

온갖 새들은 행복의 찬가를
네발걸음 산짐승 짝 이룬 즐거움.

차가운 물 아래서 기약했던 물고기
a waterway 따라 춤을 추네.

그토록 기다렸던 이 날이여
긴 긴 잠에서 나래를 편다.

어허이, 어허이 노래하는 농부
밭갈이에 용솟음치는 힘이어라.

봄날이여
봄날이여
봄의 찬가여

용문사의 밤

산기슭 따라 어둠이 살며시 내린다.

용문사의 밤은 고즈넉해서
구슬프게 들려오는 새소리 끊어지고
사람들의 발자취마저 없어라.

범종루(梵鐘樓)에는 산사 체험(Temple Stay)으로
나란히, 나란히 줄지어 섰고
돌아가면서 두드리는 큰 범종 소리
법당 안 청아한 동승의 독경
소슬한 바람과 벗하네.

전각에 매달린 풍경 울음은
애달픈 내 가슴속을 헤집누나.

비 오는 날

비 오는 날이면
왠지 모를 허전함에
지난 추억을 떠올리게 됩니다.

비 오는 날이면
지난날의 업장들이
녹아내리는 듯합니다.

비 오는 날이면
빗줄 타고 부는 바람
남자의 의기를 더하는 마음이 됩니다.

비 오는 날이면
저 멀리 부모님 생각
눈시울이 젖어 옵니다.

비 오는 날이면
미지의 누군가에게

편지라도 띄우고 싶습니다.

비 오는 날이면
희미한 가로등 불빛이
내 가슴속에 젖어 듭니다.

비 오는 날이면······.

摩訶般若波羅蜜多心經

觀自在菩薩行深般若波羅蜜多時照
見五蘊皆空度一切苦厄舍利子色不
異空空不異色色即是空空即是色受
想行識亦復如是舍利子是諸法空相
不生不滅不垢不淨不增不減是故空
中無色無受想行識無眼耳鼻舌身意
無色聲香味觸法無眼界乃至無意識
界無無明亦無無明盡乃至無老死亦
無老死盡無苦集滅道無智亦無得以

故菩提薩埵依般若波羅蜜多
故心無罣礙無罣礙故無有恐
怖遠離顛倒夢想究竟涅槃三
世諸佛依般若波羅蜜多故得
阿耨多羅三藐三菩提故知般
若波羅蜜多是大神咒是大明
咒是無上咒是無等等咒能除
一切苦真實不虛故說般若波
羅蜜多咒即說咒曰揭諦揭諦
波羅揭諦波羅僧揭諦菩提薩
婆訶

一波撝印

눈썹

그대는 어찌하여 상수(上首) 자리 지키나
나도 몰라라.

허허허 알다가도 모른다 했겠다.

보면 모르냐?
눈이 오고 비가 와도 늘 그 자리
제 몫 한다는 사실일진데

그래도 그곳에는
훨씬 더 많은 역할이 무엇……쯤

이만하면 스스로를 낮추어야 하지 않을까?
아니, 낮추려 해도 낮은 자리가 아닌 것은

그대가 모른다면 나도 몰세라
이만하면 자리다툼은 끝나 가지 않나

말은 하고자 하나

사실, 할 말을 잊었다라고 말하겠네.

알 수 없는 마음

마음은 변덕쟁이
현재도 머물지 못하고
미래도 알 수 없어요.

안으로 맴돌다 밖으로 뛰쳐나가고
문전에 들어설 듯 서성이다
다시 돌아 돌아서는 마음

항상 텅 빈 무주(無住)에 머물며
是와 非의 주인이 되기도 하고
끝없는 분별을 일으키니

알 수 없어라.
알 수 없어라.

무심

강물이 흐른다
흐르는 강물 바라보며
강물 따라 흘러가면
강물은 강물대로
마음은 마음대로
뒤섞이듯 함께 흘러
꽃이 되고 노도가 되어
함께 춤추듯 흐르다 보면
내가 강물이 되고
강물이 내 속으로 흐를 때
그것 무심이라하네.

가을 송(頌)

산 개울 물소리는 저문 자장가
온누리는 색동저고리

외로운 한 기러기는 높은 하늘 위로
내 심장의 문을 헤집고

멀리 가까이 울어 대는 두견새
하얀 손수건 흔들던 그 추억으로
나를 깊게 빠지게 하는데

왠지 모를 허탈감에 무아(無我)의 노래를
텅 빈, 푸르고 높은 하늘만큼
높이, 높이 울려 본다.

구름 벗

쉬어 가세 쉬어 가세
청아한 물소리 들으며
마음 씻고 몸 씻어 구름과 벗해 보세.

오뉴월 볕, 싫어해도 돌아보면 잠간인데
우리네 삶 그와 같아서
길다 싶으면 짧고 짧다 싶으면 늘어지고
하나를 가지면 더 달라고

욕심은 끝이 없어
채워도, 채워도 다 채우지 못할 바
비워 비우고, 털어 털어서 근심이나 더세.

저기 둥실 떠도는 구름
어허이, 어허이 불러 대어
구름, 벗이나 해보세.

칠석(七夕)

반짝이는 천체(天體)의 은하수
교교한 달빛 계수나무
까막까치 영차영차
오작교 다리를 놓으니
견우와 직녀가 서로 포옹하고

농부가 밭 일군지 저만친데
휘영청 가을 반달이 밝아 오고
오늘 칠석 아침 까치 소리
유난히 별난 듯 깍깍 하더이다.

못내 차오른 설음
노래하듯 저만치 풀어 던지고
다시는 이별 없는 오늘이기를
견우와 직녀는 알겠지요.

만남 인연(因緣)

이 모두는 소중한 것으로

이것이 없으면 그 무엇도 이룰 수 없다.

옛적 설산동자(전생의 부처님)가

히말라야 산에서

마왕(魔王)을 만나지 않았다면

제행무상 시생멸법 생멸멸이 적멸위락

諸行無常 是生滅法 生滅滅已 寂滅爲樂

모든 것은 덧없음이여.

나고 죽는 이것

그것 다할 때

적멸(Nirvana)을 즐거움 삼으리.

이런 게송(偈頌)을 들을 수 없었을 것이고

그런 게송을 듣기 위해 몸을 던진 일(爲法忘軀)

없었을 것이며 나아가 깨달음도 없었을 것이다.

이렇듯 인연은 소중한 것 세상은 우연히 만나는 것 같아도

우연은 없다. 시절 인연이 도래해서 만나야 할 사람이 만나는 것뿐이다.

겨울나무여

너의 마른 모습이 애처롭다
엄동설한이 야속하지도 않은 듯
눈이 와도 그 자리를 지키고
비가 와도 늘 그 자리
너의 모습이 애처롭다

앙상한 너의 살붙이들
비늘 떨어져 나가듯이
오늘도 그렇게 떨어지겠지.

나무여
나무여
겨울나무여.

한 생각

나, 여기 올 때
벗어나려고 했지
머리에서 발끝까지
덕지덕지 붙은 번뇌, 두려움 망상

이 모두를
천둥산 박달재를 두고서
몰록 잊으려 했지.

동천 암벽 사이로 흐르는 물을 보며
마음을 씻으려 했지
잠간의 망각이
대상을 찾지 못해 멈춰 버렸지.

솔 사이로 바람이 일고
샘물은 바위를 때리는데
어디선가 혼이 유희하는 듯
내 왼쪽 머리를 스쳐지난다.

슬프게도 사람사람이
동쪽에 묻고 서쪽을 향하니
인생은 고요하다고 누가 말했으며
유 불행은 누구의 몫인가.

바람 차가운 날 깃 세우고
눈 비 떨어질 때 우산 드는 것을
어떤 이는 동쪽을 보고
어떤 이는 서쪽을 달려가더라.

짖는 개는 물지 않는다.
늘 내는 향기는 이미 향기가 아니다.

증자가 말하지 않던가?
새가 죽을 때
그 소리가 더욱 구슬프고
인간이 임종에 다다르면, 진실 된다고

인간은, 산다는 말보다는
그곳으로 한 발짝 치닫고 있다고.

산에 오면 산 생각을 하고
들에 가면 들 생각을 하면 좋으련만
집 밖에서 집 생각을 하고
집 안에서 밖 생각을 하니
인간은 늘 그렇고 늘 그러하여
몸 정신 온전히 쳇바퀴 돌 듯.

행과 불행

눈보라 휘몰아치는 날 나는
행복할 수 있었다
눈보라 그치자 행복은 저만치 가고 있었다.

사람들은 저마다 행복을 바라지만
행복은 모르게 찾아오고
불행은 알고 맞는다.

인간은 적은 바탕 위에서
높이 솟구쳐 사는 동물이기에
스스로를 지탱함에 불안한지도 모른다.

인간의 삶은 두 가지
하나는 행복이요 하나는 불행이다.
불행한 사람에게 행복을 논할 수 없고
행복한 사람에게 불행을 예견할 수는 없지만
행복은 지나고 나서야 알 수 있었고
불행은 알면서 뿌리칠 수 없었다.

그러하기에

당신이 행복을 느낀다면

불행해질 때를 생각하라.

꼭두각시의 슬픔

– 신묘년을 보내며

세월은 흐르기만 하는가
흘러가는 세월이 머뭇거리지는 않는지.

인위(人僞)의 금자탑 때문인가?
고장난 벽시계쯤인가?

기약 없는 시간의 약속을 한다.
누구를 위한 피켓을 높이 드는가?
누구를 위한 두 주먹 높이 들어 외치는가?

혹 사오정(四五停) 신세타령은 아닌가?
네 편이 있어 의리를 지키기 위함인가?

존재하는 양상(樣相)이 덧없음이 진리인 것을
빈손으로 왔다 빈손으로 간다는 사실

넓은 마당에서 밤늦은 축배의 잔치
꼭두각시 가장(假裝) 놀음은 왜이던가?

일찍이 경봉(鏡峰)은 "인생은 연극이다"라고 했다
그대의 한바탕 연극 놀음이
스스로를 위함이 아니길……

예수도 석가도 소크라테스도
큰 눈 부릅뜨고 지켜봄을 알기는 하는가

이 가을 일기 고르지 못한 때
다시 또 꼭두각시 춤을 출건가
아지랑이여, 꼭두각시의 슬픔이어라.

주검에 대하여

처음 태어날 때
무엇을 보았다 할 것이며
무엇을 들었다 말하리
세상은 알다가도 모르는 것.

알고도 살고 모르고도 산다
어느 때는 세상이 즐겁다 하고
어느 때는 세상살이 힘들다 하지
그러던 어느 날인가.

알고 산다고 느낄 쯤
몸은 이미 환갑이어라
일찍이 증자는
"죽음 앞둔 새소리 구슬프다" 하였고
"인간이 임종(臨終)에 이르러 거짓이 없다" 하지 않던가?

길 다면 긴 인생이요, 짧다면 짧은 인생이라
무엇을 얻고 무엇을 남길 수 있을까

어차피 올 적에 물처럼 왔고, 가는 것 또한 그와 같나니

이것이 인지상정(人之常情)이라

이 밖에 그 무엇을 더할 수 있으리.

자화(自畵)

길에서 길을 찾고
집에서 집을 구하기 그 얼마였던가?

나아가려 하면 할수록 길은 멀어지고
나와 더불어 사람들의 심성이 쪼그라들고

그런 까닭에
스스로 그림을 그려
마음 등을 밝힐까 한다.

허심의 중생심 오감이 없는데
달리 무엇을 구하려하나?

안타까운 심성에
세월이 가건 말건
허상을 좇는 우리들 인간상.

2부
그리움

그리움

그대, 하얀 설원을 밟으며 사뿐하게 나에게 왔지요.
산, 침침(沈沈) 수, 잠잠(潛潛)하던 그곳
침묵의 땅, 하늘과 강
내 영혼 달래기 위해 그렇게 달려왔지요.
메마른 단풍나뭇가지 눈꽃 소복 쌓인 어느 날
그대는 나에게 한 마리 나비가 되어 다가왔지요.

태인 골골에 묻혀 둔 그대의 속삭임
실개천 물길 따라 흐르고
서래봉(西來峰) 우뚝 솟은 조사(祖師) 향기가
천년 주목으로 환생했던가요?
그렇게 우리는 만났고 그렇게 돌아서기까지
그대는 나에게 외로운 골의 불빛이 되어
늘 내 곁을 밝혀 주었지요.

그대여
우리의 이별이 언제였던가요.
이별한 후 10년이 흘러서야 그대를 향한 전화를 할 수 있었지요.

　나의 전화를 들고는 아무 말이 없었지요.

　얼마인가 할 말 잊은 침묵이 흘렀지요.

　세월은 흘러 다시 24년이……

　그대가 나를 향해 전화를 주었지요.

　지금도 기억합니다. 그대의 첫 한 마디 "수십 년의 세월이
흘렀답니다."

　나는 말을 하고자 하나 할 말을 잊었답니다.

　그것은 너무도 뜻밖이었으니까요.

　그대여, 그 시절이 너무 그립네요.

　하얀 눈, 솜털보다 고운 눈 위에 나는 쓰러졌지요.

　내 영혼 속으로 잠들었을 때

　그대는 내 몸을 일으켜 주었지요.

　꿈속에서 나는 그대를 보았답니다.

　큰 날개옷을 입은 천사였지요.

그대와 나의 영혼의 만남은
세속을 떨친 만남이었지요.

아무도 볼 수 없는 그곳에서
아무도 찾으려 해도 찾을 수 없는 그곳
어느 때는 하늘 기차를 탔고
어느 때는 길 없는 바다를 항해하였지요.

세속의 이름으로 타락이 아니었음을
방황하지 않음을 변명할 수 있음은
이미 세속을 잊은 지가 오래였기 때문이지요.

그리움은 아련하게도 실감나는 것
회상(回想)할 수 있기 때문이겠지요.
회상할 수 있음은 흘러가 버렸기에 그리움이지요.

그대를 향한 오늘 나의 그리움은
옛이야기가 있어서랍니다.

이 글을 쓸 때면, 이미 해는 저 멀리 가 버렸지요.

다시 찾아오지 않으면 찾을 수 없는 그곳으로 말이지요.

자장암

운제산(雲梯山) 산허리 불쑥 솟은 봉우리
천년의 향기를 고이 간직한
덕 높은 고승 자장(慈藏)의 훈계가 들려오는 듯하다.

삼면을 감아 도는 기암절벽
은은하게 들려오는 독경 소리
범 바위(虎巖)에는 오랜 이끼가 벗고
암자 아래로 흐르는 천길 신령한 계곡 물소리
멀리 동해 바다는 푸른 혀를 날름거리고

원효(元曉)와 대안(大安)이 낚시하며 즐기던 오어사(吾魚寺)
금강 계단 맞닿은 청아한 녹색 호수
저곳이 쌍송도(雙松島)라 했던가?
부평초처럼 물 위에 떠 있는 작은 섬 바위
오가는 나그네 눈길 멈추게 하네.

눈 밤

눈 오는 밤이면
달빛은 만취해 저만치 가고
대지는 하얗게 단장한 채 뱀 껍질처럼 빛난다.

눈 오는 밤이면
바람 소리 신음 소리로 들려오고
나뭇가지 사이로 넋 잃은 웃음으로 다가온다.

눈 오는 밤이면
숲은 침묵에 잠기고
산짐승 들새들의 우는 소리
쟁반을 떨어뜨린 마음이 된다.

눈 오는 밤이면
영계에 울려오는 못 다한 사랑의 독백
한 서린 내 어머니 손짓으로 다가온다.

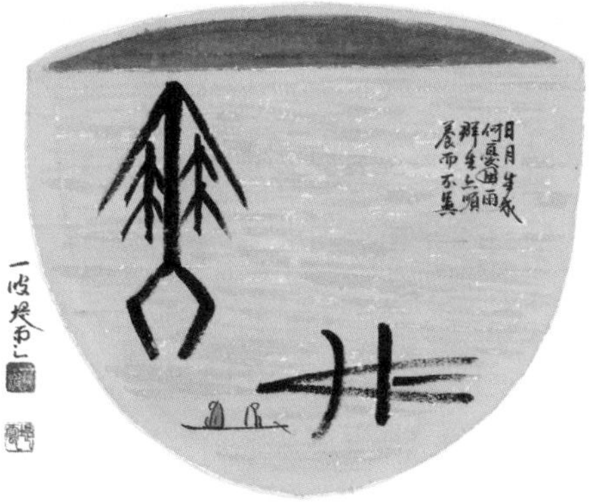

용문사 은행나무

높지도 낮지도 않은 그 자리
신령한 계곡 물소리 들으며
우뚝 선 그대 천년 행목(杏木)이여.

용문사 큰 법당 마주보며 천년의 향기로
신장이 되어 그곳에 주인 되었네.

남한강 북한강 굽이치는 두물머리 바라보며
장엄하게 솟은 용문산 가섭봉 아래

수많은 전란도 지켜보고
수없는 화마도 끄떡 않고 늘 그 자리에서

오늘을 살아가는 사람들이
천년의 비법을 묻고자 머리를 쪼아도
허공에 스치는 구름처럼 미소로 대답할 뿐.

가을의 노래

곱게 화장한 한 떨기 잎이여
그대
아직 못 다한 노래라면

한 계절 '쉬었다 가리' 생각하며
다시 곱게 단장할 그날 기다리겠지요.

싱그럽던 지난날들
그리움으로 벗으려 하겠지요.

아아! 탄식은 저만치인데
다가올 그 순간만을 위해
춥고 마름은 한 순간이듯 넘기려 하겠지요.

그러려니 그렇게
운명이라 넘기려 들겠지요.

그 시절 애타게 기다리며…….

그대 생각

낙엽 뒹구는 그 길
함께 걸었던
당신.

노랑 파랑, 붉은
온갖 빛깔의 색동저고리로
그 시절은 다시 돌아왔건만

한 번 멀어져 간 당신의 자취
다시 돌아오지 않네요.

떨어지는 낙엽 신고
속삭이듯 들려오는 개울 물소리
그 시절 그대로건만

저 멀리 멀어져 간
당신
돌아올 그날은 언제인가요.

가을이 오면…….

.

세월 앞에서

어디서 왔는가, 삼라만상이여
그러므로 시(時)도 없고 간(間)도 없음이어라.

세상은 잠시도 멈추지 않고 변하는데
사람들은 서로 미워하고 원망해서
어느 때는 내 편, 어느 때는 저편에 선다.

내 것이라 할 그 무엇 없거늘
어차피 때가 되면 다 놓고 가야 한다.
무엇을 욕심내고 말 것인가?

본시 인생이란 늘 허허로운 것
채워도, 채워도 다 채우지 못하는데
무엇에 그토록 집착한단 말인가?

한 마리 새가되어 허공에 노닐면
집착 탐욕이 허공의 새털인 것을

가는 세월은 가는대로

오는 세월 오는 대로

때가 그대를 기다려 주지 않으며

명 또한 연장할 수 없으니

한 번 지나버린 시간, 다시 찾아오지 않아서

고인이 이르기를, "한 번 가버린 때는 두 번 다시 돌아오지

않으니

이때를 잡아 놓치지 마라(時乎時乎不再來勿人期時)."하지 않던가?

생각이 난다

Americano 갈색 커피 한잔
뭉글거리며 피어나는 열기
살며시 나의 코끝을 적셔 와

생각이 난다.
함께 했었던 산등성이의 그림 집
하늘 끝에 다다르라 외치던 나
속삭이듯 나의 이름을 부른 그대.

생각이 난다.
터널 같은 장계(長溪)에 둘이서 발 담그고
가위 바위 보 하며 마음 달랬었던……

생각이 난다.
늦가을 흰 눈 내리던 어느 날
눈 막으려 장작 더미 쌓던 그날
철부지 그대는
두 손 높이 들어 팔딱대며 눈을 반기었지.

空手来

来无一物来　去而空手去
自在便一切　存着看一切迷一切
故若肯腾空　空相其处心有色

林门山　新门寺　辛黑鄉□初
照□

57

생각이 난다.
함께 갔던 그 영화관 매표소 창구
네 손길로 불쑥 내밀며 주던 낡은 지갑
"어찌 이렇게도 내 마음 들여다보나"
그대와 나의 합친 두 손사이로 빗물처럼 흐르던
우리들의 약속.

생각이 난다.
비에 젖은 한 마리 새
내 그림자를 좇아 어둠의 등불로
파란 우산 받쳐 주던 그대의 고운 손

생각이 난다…….

편지

어둠이 찾아들 때
살며시 다가오는
님의 여운.

구름을 깔아드리오.
풀잎에 맺힌 이슬을 따
이 밤을 지켜드리오.

안개꽃 나무 사이
달빛이 스며들 때
난 긴 잠을 잃었나이다.

흑기러기 솔 내음으로
듬뿍 드리울 때
난 홀로 울어 봅니다.

기다림

쌀쌀한 발길에 나뒹구는 낙엽
그대의 영롱한 Scarf
바람에 나부끼는 그날
터벅거리며 걷던 내 발길
찬바람에 문풍지처럼……

이 가을
그대 생각이 나는 것은
지나간 날들은 추억 때문일까?
흘러가 버린 물결 같아서일까?

그래도 지워지지 않는 그대의 추억
물위에 아른거리는 물결로
이 가을 내 가슴에…….

적조암

스산한 가을바람

낙엽은 바람 따라 그냥 뒹굴고

전각(殿角) 끝자락에 매달린 풍경은 한없이 울고

흔적 없이 오가는 나그네들

사라지는 여운만 둔 채 여기저기 흩어져 가네.

가지 끝에 매달린 일엽(一葉) 처절한데

지난밤 꿈속에서 본 푸른 옷자락 동자(童子)생각

고즈넉한 산사를 잠시 머뭇거리게 해서

세상은 늘 그러했듯 멈추지 않는 시간 속으로

말없이 멀리멀리 떠나려고만 하고

반김 없는 안타까운 시선은 먼 허공을 향해

돌아앉은 침묵의 엷은 그림자

내 영혼을 잠들게 하지 못해

혼침도거(惛沈掉擧)만을 거듭하는데

어디선가 외기러기 창공 뚫는 소리에

앞도 잊고, 뒤도 잊어 나마저 잊었어라.

* 惛沈掉擧 : 잠시 좌선 도중 잠에 빠져 고개를 끄덕이는 것

작우 후일(昨雨後日)

용문의 밤은 깊어 가는데
물소리 쉼 없어라.
아득한 옛 그림자 빗줄 타고 와
베갯머리를 떠나려 하지 않네.
삼경 종 여운은 저만치인데
뒤척이는 이 밤 홀로
날 샐까 두려워라.

작가 K를 위해

지난 시간이었던가요
짧은 순간의 마주침
먼 듯 가까운 듯
함께하였지요.

한없다고들 말하는 사람들
돌아서고 돌아서는
그림자 같은 그런 것쯤 아닐까요.

Speedy, Speedy한 걸음이여
영원을 바라며 껄떡이는 Sing
허허로운 우리들의 삶

봄이 오고 봄 가면
가을 같기를 바랄지라도
수고로움 동침의 여름인 것쯤

나는 알 수 있어

다행스러운 ecstasy

외치고 갈구하고 부르는 것이지요.

신묘년의 슬픔

저무는 신묘년
우리들 눈에 이미 딱지가 된 FDA
서울 광장에선 연일 사람들이 모여 입이 터지라 외친다.
어떤 사람은 '민족과 나라의 안녕'을 위한다 하고
어떤 사람은 마치 '꼭두각시' 한판 춤이라고

거리에는 미모의 여 검사가 벤츠 타고 희롱거릴 쯤
디도스(DDoS) 문제가 정가를 흔들어댄다.
미디어는 연일 모 대학 교수를 첨탑에 앉히느라 열을 내고
이웃 나라에서는 이른 봄날 대지진으로 재앙의 몸살을 앓
았고
EU에서는 연일 디폴트(Default) 외치는 소리가 들려온다.

농민은 눈물 흘리고, 도시민은 한탄했던 지난날들
이젠 보내자, 모두 보내자, 그리고 잊자.
우리에겐 내일이 있지 않는가?

붉게 이글거리며 타오르는 희망의 태양 말이다.

얼마나 목마르고 힘든 순간들이었던가?

자! 어둠에서 구렁텅이에서 어서 일어나자.

꿈이 있고 희망이 있는 내일을 향해……

하얀 밤

고요한 산사
떨어지는 물소리
쉼 없이 들려오는 이 밤.

외로움 전쟁은
시작도 끝도 없어라.

멀리 가까이 들려오는
생명들의 요동치는 소리.
잠시 지난날을 잊어 본다.

말 없는 밤
하염없이 타오르는 촛불을 맴돌아
자욱 없는 눈물을 지우고

그래도 이 밤
지나기가 아쉬워서 옷깃 여미기를
거문고 가락 뜯는 만큼이나

길고 긴 여운으로

오늘은 보내고 내일은 기약하면서

하얀 이 밤을……

거친 황야에서

황야(荒野)에 휘몰아치듯 달려

치킨 반 마리 시켜 놓고

(이 무슨 운명인지 감미롭지 못한

음식을 홀로 먹어야 하나)

이 생각 저 생각에

강가에 사는 놈은 늘 강을 생각하겠지.

바닷가에서 자란 놈은

늘 바다 쪽을 향하리다.

내가 찾는 임은 험버(humber) 강이 아니니

홍보석이 한강에 있을까 보냐.

기다림의 세월

꿈결에서 가끔은 이루어진다는데

나는 늘 꿈속에서 꿈을

기다리다 생각하니 꿈같은 인생인데

꿈속에서 나비를 찾으니

나비가 나르다 다시 꿈속으로 가버렸네.

무심은 허무(虛無)를 낳고

허무는 세월을 허물어 버리네.

오지도 않을 세월 가는 것 내 미처 몰랐네.

언제나 구름에 달 비껴가듯

가고 또 감이어라 오늘 생각에.

3부
향하여

達摩血脈論

乞士比丘想畵

吾本來玆土 傳法救迷情
一花開五葉 結果自然成

당신은 나에게 무엇입니까?

오늘도 늘 대하는 당신이지만
나에게 있어 당신은 늘 기다림입니다.

당신의 그림자가 나를 감싸고 돌 때면
떨어져만 갈 것을 나는 애태운답니다.

함께하면서도 함께하지 못함의 아쉬움은
영원에 하나가 되어 머물지 못함에서

나는 오늘도 가파른 외길 허리를
감싸듯 돌고 돌았습니다.

언제나 당신은 나의 행복의 연인이지만
나의 이상도 꿈도 세속의 벽을 허물었습니다.

고독의 보석처럼 빛나는 나의 눈물방울 보일 때면
뜨거운 포옹으로 성큼 나에게로 다가와

한줄기 빗물 되어 나를 적셔 주는
당신은 나에게 무엇입니까?

얼굴

고운 바탕으로 길고 둥글게 모가 나고
움푹 들었는가?
툭 불거져 나온 것이

쭉 찢어지고
쭉 늘어진 식구통(食口桶)

나불 나불대는
참새 혓바닥

뽀얀, 누런 검은 면대
흐르는 이질의 분비샘

양의 얼굴로 철면피는
그래도 세월의 흔적이 되어
계급장으로 말을 하더라.

행복

사노라면
사노라면
그 시절 그리워질 때

미수(未睡)의 애태움도 간밤의 꿈
나비처럼 멀리 날아가고

설은 베갯머리 사이로
젖어드는 행복
양팔 내저으며 편안했지.

행복을 기다리다 설친 몸부림이
저기 문전에서 서성이는

때 늦은 아쉬움의 탄식
깊은 잠에 빠져
깨고 보니 모두 내 집에 일인 것을

모르고 산 인생도 내 새끼요,

알고 산 인생도 모두 내 집안의 일인데

설음도 저 멀리쯤

행복도 저 멀리쯤

가고 보내고 나서야……

산등성이 올라

멀리 바라보이는 강줄기
뱀처럼 굽이치고
서늘한 서쪽 바람에
이마에 맺힌 땀방울 닦는다.

건너편 봉우리에는
삼대 같은 사람들
나무처럼 줄지어 섰고.

잠시 생각에 잠겨 보는데
무슨 일로 무슨 생각에
힘든 산등성이를 오를까
그들도 나처럼 고향 생각 하지 않을까.

나는 오늘도 외로이
건장한 두 다리로 산등성을 향한다.

知足不辱 知止不殆
可以長久

마음

마음은 본시 고요한데
중생의 마음이 망념을 일으켜
실체 없는 허깨비처럼 고락을 만든다.

마음은 흐르는 물과 같아서
때때로 생멸을 거듭한다.

마음은 큰 바람과도 같아
찰나에 장소가 바뀌며 등불같이 조건에 따라 반사된다.

마음은 어느 때는
원숭이처럼 오욕의 나무 아래에서 놀기도 하고
어떤 때는 하인이 되고, 주인이 되고 도둑이 되나니

그러한 마음이 작용을 함에 작용을 잊고
변하고 변하지 않는
항상 신령(神靈)한 방광(放光)을 하느니라.

괴로움

무엇이 자네를 괴롭히나
그 괴로운 짐 내려놓게
괴로운 짐 네 것 집착함이
진정 자네를 괴롭게 하이

괴로운 마음 훨훨 벗어 던진다면
범부는 넘었음이지 암!

눈 달린 한 몸 지탱하는 한
늘 따라다니는 괴로움인 것을

동구 밖 백 리에서 봄 찾지 못하고
집 안 들어서 알게 되었지

무거울 때 집착의 근(斤) 놓아 버리면
지도(至道)도 어렵지 않다 하지 않던가.

인생의 여정

아무리 많다고 자랑해도
늘 부족한 마음
가진 것이란 추운 날
잠시 쬐는 햇볕 같은 것
드러나 보이는 모든 양상
구름 위에 누각 같아
갯가에 쌓인 비늘처럼
바람에 편운(片雲)일 듯
가도 감이 없고
가져도 가진 것 없음이
우리네 인생의 여정이던가.

사월 초파일

앞산에 피는 아지랑이 보면서
부처님 생각
개울가 물소리만 듣고도
부처님 생각
연분홍 꽃을 보면서도
부처님 생각
푸릇푸릇 새싹을 보면서도
부처님 생각

늘 찾아오는 이날이지만
늘 새 마음, 새 기쁨으로
맞이할 수 있기에
나는 행복합니다.

천겁을 지나도 변함이 없는 오늘이기에
나는 향할 수 있어 행복합니다.
삼계 대도사 석가모니 부처님.

조건 없는 사랑

참된 사랑은 조건이 없어야 한다.
사랑할 때 오직 사랑할 뿐
그 이후를 생각하지 마라.

사랑은 주고받는 것 같지만
진정한 사랑은 주고받는 것이 아니다.
그저 한 없이 줄 뿐이다.

사랑하는 사람이 힘들 때면
조건 없이 측은지심(惻隱之心)을 내라.

그러므로 사랑은 진실된 것
사랑이라는 이름으로 속이려 들지 마라.
사랑을 빙자한 유혹은
사랑을 빙자한 인간 사기꾼이다.

사랑하기에 행복할 수 있었고
사랑하기에 인생을 알 수 있었다.

그러기에 사랑은 영원한 것

영원하기에 내일을 기약할 수 있었다.

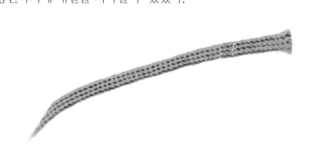

나에게 있어

나에게 날개가 있었다면
어설픈 인생은 없었겠지요.

나에게 어설픈 갈고리라도 있었다면
괜한 근심은 없었겠지요.

나에게 물고기처럼 부레가 있었다면
자유인이라는 말은 하지 않았겠지요.

나에게 차라리 꿈이 없었다면
슬픔을 일으키지는 않았겠지요.

나에게 있어…….

이것이니라

향기는 향기를 아는 사람이 이것이요

사람은 사람을 알아보는 그것이 이것이요

물질은 물질의 가치를 아는 사람이 이것이요

산이 높다지만 인간 아래 있음을 앎이 이것이요

바다가 넓다면 그 바다가 넓다는 것을 앎이 이것이요

사람 위에 사람 없고 사람 아래 사람 없음도 아는 것이 이것이요

하나를 취할 때 하나를 놓을 줄 앎이 이것이요

둘을 취하려면 둘을 버릴 줄 앎이 이것이요

셋을 취할 수 없음을 앎이 이것이니라.

경인이여 새해여라

으르렁으르렁
온누리를 깨운다.

넘실거리는 검푸른 수평선
눈부신 불꽃 떡잎은 나래를 펴고

호랑이 한 마당에
파랑새 둥실둥실 따라 춤추네.

우리들의 초심에 줄을 던지고
드림(dream)을 향함은 영원해서

사람사람 물결이 출렁이는 그곳
사자 이리 때 득실거려도
비호(飛虎) 일갈(一喝)에
사마(邪魔)는 저만치 줄행랑치고

한바탕 큰 웃음으로 맞는

경인이어라 새해여라.

하얀 훗날

하얀 눈 훗날에
마음에 어린 달빛 호수
음각 양각 새길 쯤

먼 듯 아련한 향기에 젖어 듦은
고향을 그리던 밤이어라.

아련한 실감에
깊은 꿈을 꾸며
내일의 햇살 그림은

하얀 눈 훗날을
기대하고 기다림이라.

남기는 글

지난 세월은 너무도 짧았습니다.
짧다 못해 한순간이었습니다.
아니 한 장의 사진이라면 이것도 맞지 않아요.
그저 스친 바람쯤
이보다는 찰나가 좋겠네요.

세상이 무상하다 하지만
무상의 끝은 알 수 없어요.
무상은 허무를 낳고 허무는 허탈해서
멀고 먼 주검이라는 곳으로 향하겠지요.

生, 태어날 때 무엇을 알겠어요.
세상이 이렇게 좋으면서 슬픈 것을……
어디서 왔다 어디로 가는지 모르고 살다가
어느 시절에 알 것 같다가 그저 흘러가 버립니다.

老, 늘 산다는 생각만 일으키고 살았지요.

세상이 영원한 줄만 알면서 한 생을 산다지만
어느 덧 흰 수염 흰머리 한둘 비춰지면서
몸이 굳어져 가는 것을 느끼게 됩니다.
사유할 수 있는 영장이라 또 다른 행복을 꿈꾸어 봅니다.

病, 자신을 되돌아보며 이제 세상을 알까 하는데
몸에는 병이 깊어 가고 있었습니다.
지난날들이 영원한 줄로만 알았던 순간이
하나둘 무너지기 시작하네요.
몸이 색신(色身)인 줄 알지만 이것을 넘을 순 없네요.

봄이 와서 희망에 들뜬 순간은 엊그제고
여름날 무성한 방초만큼 활기찬 것들
가을이라는 시간 앞에 작은 자취만 남기더니
겨울이 찾아들면서 모든 것은 공(空)으로 돌아가
마치 동면을 위해 들어가는 곰처럼
이젠 모든 것이 정지된 채 일상의 고비를 맞이합니다.

死, 인간이란 자연계의 한 순환 법칙이라면
제아무리 날뛰고 하여도 늘 한계에 부닥쳐
그 어떤 생명체도 넘을 수 없나니
석가가 동서남북의 문을 통해
생로병사의 무상을 느껴 출가하였지만
그의 깨달음은 영롱하며 영원하고
일생의 신통(神通) 몸뚱이는 버려야 했습니다.

존재와 멸(滅)은 자연의 법칙이요
일찍이 진시황이 불로초를 구하려 삼천 동자 내세워
동서남북 진흙 속에 누운 한 영웅에 불과합니다.

이러해서
나는 나를 구하려 애쓰지 않으렵니다.
그 누구에게도 알리려 애쓰지 않으렵니다.
어느 고승의 말대로 "세 마디 기운 소멸될 때 누가 나라 할
것인가?"
그저 운수납자의 길을 택한 만큼

바람에 구름 가듯 물이 흐르는 대로
고즈넉한 정처가 있으면 그곳에 머물다
홀연히 이 몸 버리오리다.

– 2008년 금호강변에서

이별

우리가 언제부터 사랑했나요.
봄날의 떡잎처럼
우리는 그렇게 사랑했지요.
우리의 사랑은……

사랑한다 말하던 그날이
엊그제가 아니었나요.
차디찬 독작(獨酌)으로 이별을……
그것은 아니었어요.

내 가슴에는 이별이 없거든요.
괘종(掛鐘)시계는 자정을 지나고
황홀한 블루스에 취했던 그날……
등불을 떨어뜨린 이 밤

우리의 만남은
이별은 없다고 두 손 걸었지만
지금은 그 두 손의 약속은 보이지 않고

찬 동토(凍土)의 밤만이 깊은 시름으로…….

한 해를 보내며……

그렇게도 슬퍼했던 순간들도
그렇게 아쉬웠던 날들도
가을 낙엽이 지듯 그렇게 가 버렸다.

거리는 기약 없는 촛불을 밝혀야 했고
들어오지 않는 남편을 기다리다
떨어진 나뭇가지를 밟으며 한숨짓던 아낙들

무엇이 아쉽고 무엇이 서러운지
밤에도 쉼 없이 흐르는 물길처럼
이 한 해도 그렇게 저물어 간다.

세상은 인아쟁쟁(人我爭爭) 한다지만
따뜻한 손길과 이웃이 있어
한 잔의 커피를 나눌 때면 모두가 행복해진다.

저기를 보라, 어둠 걷힌 찬란한 태양을
밝은 빛은 어둠이 있기에 존재한다는 사실이다.

순간순간 괴롭고 슬펐던 날들은 이제

다 던져 버리자 다 잊어 버리자

오직 새날 새 기운으로 떠오르는 태양만 생각하자.

4부
공문(空門)

空手來

來無一物來
去而空手去
自在展一切在
不設約無一切
坂看心中宝物
唯心作用

壬辰年 重朔
龍門山 龍門寺 沙門 堤雨畵

공문(空門)에서

밤이 멈춘 자리
간간이 들려오는 휘파람새 소리
번뇌 비늘 떨쳐 낸다.

소림(少林) 노자(老子)가
한 떨기 숲에서 목 내밀고
찬 허공 가르는 기러기 벗으로

한 티끌 한 홀도 용납되지 못하는
공문(空門) 속으로 공문 속으로

놓아 버려라, 놓아 버려라.
무엇 하나 버릴 것 없어(不捨一法)

하얀 밤이 다하도록
고요와 시름하는 삼무차별(三無差別)
어느 곳에 구할 것이며 어느 곳에 버릴 것인가?

본래 구할 것도, 버릴 것도 없는데

무엇을 애써 찾나 허허.

* 空門 : 진리에 드는 관문.
* 三無差別 : 마음, 부처, 중생(心佛衆生)이 다르지 않다는 뜻.

이슬 꽃

저녁연기 피어오르고
창살은 빗물에 젖어
영계(靈溪)의 물소리 더해도
조주(趙州) 차 한잔에
주객(主客)의 경계 끊어지니
삼세불(三世佛)도 그대로요
범성(凡聖)도 분명해서
청산(靑山)은 부동(不動)이요
유수(流水)는 바람이어라
어젯밤 관음(觀音)의 소식을 아는가,
난초 잎에 이슬 꽃이어라.

선시禪詩의 이해理解

연일 쏟아지는 빗물에 용문산은 온통 물바다인데, 비만 오는 것이 아니라 바람도 함께 부니 한옥 요사(寮舍) 문살이 비에 흠뻑 젖었고, 천년의 숨결이 흐느끼는 영계(靈溪) 흐르는 물소리 우렁차게 들려온다.

여기까지가 현상 즉, 경계며 서론(序論)과 같다.

이럴 때, 조주(趙州. 778~897. 중국 임제종 스님, 당나라 조주 땅에서 오래 살아서 조주라 함) 스님은 납자(衲子. 참선하는 스님)를 접함에 '차' 로서 법거량(法擧量)을 많이 하기에 후인이 '조주 차'를 들고 나오고, 이 밖에도 우리에게 많이 알려진 '趙州의 無', '조주 狗佛性有否' 등 많은 공안(公案)이 있는데, 스님들이 차를 함께하면서 주고받는 거래가 조주의 공안과 다르지 않기 때문에, 끽다(喫茶)를 하는 순간, 온갖 의단과 근심을 놓아 버리면 경계가 끊어져 주객이 없게 된다.

그러므로 "과거불이나 현재불이나 여여(如如)해서 깨달으면 부처요, 깨닫지 못하면 범부다." 이에 청산은 현상으로서, 푸르기도 하지만 부동(不動)이라(움직이지 않음) 주인도 되며, 어느 때는 진여(眞如)며, 법성(法性)이 된다. 이에 반하는 '유수'는 마치 실체가 없는 구름과 같아서 늘 흐르는 물을 비유했으며, 떠도는 나그네가 되기도 한다.

이 대목에서는 '茶'라는 theme가 등장함으로 해서 능소(能所) 즉, 주객(主客)이 하나가 되는 것으로, 본론(本論)에 해당됨.

어젯밤 관음(觀音)의 소식이란 선문(禪問)으로서 지난밤 공부 경계를 암시한 뜻이고, 이에 답으로, '난초 잎에 이슬 꽃'을 든 것은 마치 눈에 광명이 열리고 보니 모든 경계가 거울 앞에서는 흰 것은 흰 대로, 검은 것은 검은 대로의 현상을 보는 것과 같은 뜻으로 이해하면 될 것이다. 이 대목에 와서는 주객 경계 그 어떤 것도 다 뛰어넘어서 현상으로 돌아왔으니, 결론(決論)이 된다.

마음에 대하여

마음은 과거도 없어요
마음은 현재도 없어요
마음은 미래도 없어요.

마음은 형체도 아닌 것이
마음은 찾으려 하거나 구하려 함은
멀리 십만 팔천 리 달아나 있어요.

마음은 안에도 있지 않고
밖이나 중간에도 있지 않아요.

마음이 무엇일까요?
더럽지도 않으며 깨끗하지도 않아요.

마음은 공적(空寂)해서
어느 때는 풍성한 가을이 되고
어느 때는 차가운 겨울 같아요.

마음은 본시 있는 것이 아닌데
분별하고 시기하고 욕심을 내지요.

마음이 무엇인지 알고자 하면
흐르는 물에서 원숭이의 긴 휘파람 소리를 들어 보세요.

因揭陀尊者

破邪顯正
一切亨通

좌선(坐禪)

고요히 흐르는 정수리 아래
눈은 반쯤 감은 듯 가부좌 하고

무심으로, 무심으로
'이뭐꼬' 찾아 떠난다.

한 생각 이기려는 어리석음인지
삼세제불(三世諸佛)도 이 길이었을까

역대 조사(歷代祖師)도 그러할까
오매불망(寤寐不忘) 화두삼매에 젖어 들기를

세속 멀리한 지 오래건만
떨치려 하면 할수록 다가오고

놓으려 하면 할수록 영겁(永劫)의 끈이
먼 바다 눈먼 거북이 나무를 대하는 듯하다.

나

나는 언제나 떠도는 나그네
나란 어떤 물건인가?

여기 한 물건 있으니
이 한 물건이 어떤 물건인가?

한 물건 찾아 먼 여행을
감도 없고 쉼도 없는데

오늘도 그저 맴돌다 지쳐
혼침(昏沈)에 빠졌어라.

본시 인생이란
끝없는 여행길

시작도 없는 이 길
이정표 없는 이 길

걷고 또 걸어갈 뿐이다.

걷다가, 걷다가
지쳐 쓰러질 때면
꿈 되어 잠시 나를 일으키고

내가 나를 버리려 할 때면
저만치 그림자 되어
깊은 포옹으로 나를 감싸더라.

어느 때인가부터
멀리 가까이 들려오는
숲속의 긴 원숭이 휘파람 소리

자각(自覺)에 놀라 사방을 둘러보지만
말 없는 적막은 깊은 잠에 빠지고

비로소 나는

얼레 reel리 덩실 춤을 춘다.

알 수 있었을 테지요

처음은
그리지 않았답니다.
처음은
말이 없었답니다.
처음은
이것, 저것도 아니었습니다.
처음은
물이 흐르듯 그러했답니다.
처음은
서로가 없었답니다.
처음은
무지개였음을 알 테지요.
처음은
이렇지 않음을 알았을 쯤
너무 많은 시간이 지났음을
알 수 있었을 테지요.

인간

아름답다 말하지 못해요
추하다 멀리해서도 안 돼요.
악마에 찬 인간을
순자(荀子)가 웃고

나무가 되고 바람이 되어
흙으로 돌아 물을 바라보는 노자(老子).

본시 '깨달았데이' 외치는 석가
본능(本能)에 헤매드는 Freud.

선악의 갈림길에서
홍보석을 찾는 상인의 심정.

사랑과 증오 행복을 저울질하는
우리들의 자화상.

깨달음

깨달음의 분상에선
해와 달, 별 산하대지 도(道) 아님이 없으련만
무명 돌멩이 초목 난초까지……

언어를 떠난 형태의 분별마저 끊어진 자리

고요하면서도
밝기로는 태양 같고 어둡기로는 칠흑 같아서

머리도 없고 꼬리도 없음이라
길다 짧다 말하지 못함이라
어찌 희다 검다 할 수 있으랴.

뚜렷한 희열이 있어
한바탕 덩실 춤을 춘다네.

도리(道理)

무엇이 금강이냐
미친개는 몽둥이가 제법이지.

무엇이 마음인가
졸릴 때 황 촛불 앞에 얼굴을 대 보거라.

무엇이 도인가
짜증나게 굴지 마라
갈증 나면 냉수 한 잔이면 어떨까

이것저것 분별해 봐도
남는 것 없고
있다 없다 해도
오가는 것 없는데
허상(虛想)의 공깃돌만 세는구나.
쯧!

불식(不識)

알 수 없어라.

안다는 것
알음알이다

알음알이 버리고
한 번 내보여라.

세상에서 가장 어리석은 사람
안다는 사람이다.

나는 오직 모를 뿐
안다는 생각 일으키면
도는 십만 팔 천리 달아난다.

안다는 것은 분별심이다. 여기서 진정 안다는 것은 분별이 끊어져 일체가 고요하였을 때를 말한다. 분별이 끊어지지 않으면 그것은 알음알이에 지나지 않는다. 알음알이가 무엇이냐? 마치 밥이 뜸이 들지 않아 설익은 밥과 같은 것이다.

원래 도라는 것은 드러나지 않으며 뚜렷하고, 진실하고 성성해서 한 홀도 어김이 없음을 이른다. 이 말의 근원은 달마가 양무제를 만났을 때에 무제 임금이 달마에게, "지금 짐을 대하는 이가 누구냐?"고 한 말에서 나온 것이다. 그때 달마가, "모르오(不識)."라 했는데 이 말을 두고 혹간에 사람들이 '진정 몰라서 모른다 했겠나' 등을 말하지만 이는 안다, 모른다, 그런 차원으로 받아들이면 안 된다. 그는 이미 무제 임금의 마음을 읽고 대답한 것이다. 여기서 그 마음이 뭐냐 한다면 이것이 분별이고 알음알이고, 나아가 망상에 지나지 않는 것이다.

불가는 수양하는 곳이다. 이곳에는 바로 마음을 가리키고 나아가 성품을 보고 깨닫는 것이지, 그 밖은 아무런 의미를 두지 않는다. 오죽하면 산문에 들어서는 문에다 주련으로 글을 보이는데 "이 문에 들어서는 순간 알음알이를 버려라(入此門內莫存知解)."고 했겠나?

* 무제(武帝) : 502~549, 소연 464~549. 중국 남조 양의 초대 황제 50년의 긴 통치 중 후반에 불교에 많은 업적을 남김.
* 달마(達摩) : 남북조 시대의 양 나라중(?~534). 인도 승으로, 반야다라 존자에게 불법을 배워 중국 선종의 초조가 됨.

묘유(妙有)

삼세(三世)의 시간

육도(六道)의 공간에서

시작도 끝도 없는

순환(循環)의 연기(緣起)

성주괴공(成住壞空)

현상을 인지하면서

이사(理事)의 원융법계(法界)

하나 되고 둘이 되고 합하고 떨어져

있음이 없음이여

묘유의 뚜렷함인 것을.

무아무인(無我無人)

나도 없음이여
너도 없음이여

왜
무엇을
함께해야 하나

서로 떨어져야만 하나
당기면 당겨 가는 듯
놓으면 떨어지는 듯
연이은 낙수 방울
쉼 없이 도는 물레방아
가도 다시 그 길이고
와도 늘 그 자리는 없어
무심으로 가는 길
유심의 덫에 걸리고
버려도 허허롭고
가져도 다 차지 않으니

외로운 들판에 때 이른 서리

멀리 짝 잃은 외기러기 날으네.

달마 환생

돌아, 돌아 돌아서 왔던 길 다시 가더라.
본래 오지 않았다면 갈 일도 없었건만
본래 가지 않았다면 돌아올 일 없을 것을.

하하 우습구나!
천하의 달마가 빈손으로 갔다가
짚신 한 짝 건져 들고 돌아가네.

환생이라 했던가?
나지 않았다면 환생도 없었을 것을
무엇을 수고롭게 왔다 갔다 하나
"나 괜히 왔다 간다."고 한 것처럼
중광도 그렇게 말하고, 그렇게 갔다.

그대의 모습 중생의 모습이고
그대의 모습 부처의 모습인데
그대가 들이킨 양자강
물 값이나 다 지불하고 간 것인가?

기러기는 찬 서리 따라와서, 찬 서리 따라간다.

공(空)과 유(有)

비었으되(범, śūnya) 비었다 할 수 없음이여
존재하되(existence) 존재하지 않음이어라.
무엇을 존재라 할 것이며 아니라할 것인가?
존재를 내세우면 이미 존재는 저만치 달아나고
존재를 부정할 때 단견(斷見)의 늪에 빠졌다네.

1+1=2지만 다시 하나로 합치니
불이(不二)라

있다 없다보다는
생(生)과 사(死)가 하나여라.

없다고 보는 공, 있다고 보는 유
돌고 돌아서 내가 있고, 네가 있음이어라.

이것이 본래의 제자리이기에
육육은 삼십육이요, 구구는 팔십일이 된다.
쯧(?) 허물이 적지 않구나.

태고 보우국사 참선명(參禪名)에 대하여

靜也千般現　정야천반현
動也一物無　동야일물무
無無是甚麼　무무시심마
霜後菊花稠　상후국화조　　(보우국사)

고요해도 천 가지로 나타나
움직여도 한 물건 없네.
없다, 없다 하는 이것이 무엇인가?
서리 온 뒤 국화가 무성하다.

放一境靜像　방일경정상
動物如波水　동물여파수
入無三十客　입무삼십객
霜前已鴻九　상전이홍구　　(제운 頌)

한 경계 놓으니 만상이 고요해
동(動)과 물(物)이 다 마치 물거품 같아
'무'라 들이대도 삼십객이요

서리 앞서 이미 기러기 구천으로 날았어라.

龍門吟(용문음)

龍門從色得便來　용문종색득편래
好好聲聲鳥風水　호호성성조풍수
千年杏木無言說　천년행목무언설
殿閣風鏡損吟客　전각풍경손음객　　(제운 頌)

용문에 산 빛을 좇아 문득 와 보니
새소리 바람 소리 물소리가 좋아라.
천년의 은행나무는 말 없는 말을 하고
전각의 풍경 소리 나그네 신음을 덜어 주네.

용문산의 밤

용문심야월 龍門深夜月
적정불문인 寂靜不聞人

락고서창월 樂孤書窓月

명심원근조 鳴心遠近鳥

밤 깊은 용문산 달이 뜨고

고요한 밤 사람 인기척 들리지 않아

외로이 서창에서 달빛을 즐기고

멀리 가까이 들려오는 새소리 심금을 울리네.

* 태고 보우국사께서는 고려 말엽의 스님으로 조계종의 중흥조가 된다. 석
옥청공(石屋淸珙 : 1272~1352) 스님의 법제자로 임제(臨濟)의 18대손이 된다.
그는 홍주 양근군(지금의 남양주)에서 1301년에 태어나 회암사(檜巖寺)로 출
가하여 25세에 승과(僧科)에 합격하였다. 그 후 10여 년 수행 끝에 활연히
깨치고 그 경지를 게송으로 표하였다. 그 후 소요산 백운암과 삼각산 중흥
사, 용문산 상원암 등지에서 머물다 46세 되던 해에 연경(燕京)으로 가서
대관사(大觀寺)에 머물고 하무산 천호암에서 석옥 화상을 친견하여 인가를
받았다. 48세에 귀국하여 용문산 미원장(迷源莊) 소설암(小雪庵)에서 지내다
가 56세에 봉은선사(奉恩禪寺)에 개당 설법을 하고 그해(1356) 왕사(王師)로
추대되었다. 신돈이 죽음을 당하고 69세에 다시 용문산의 뒤편 소설암으
로 돌아와 국사가 되고 82세의 나이에 입적을 하였다.

129

되돌아보면

반백운사십 伴白雲四十
고불허과시 顧不虛過時
편각생사이 便覺生死理
일일겁외가 日日劫外家

백운 벗한 지 사십 년
돌아보면 지난 시간이 헛되지만은 않아
문득 생사의 이치를 알았으니
날로, 날로 겁 밖의 노래를 부른다.

수행자는 늘 자연과 벗하며 산다. 자연 속에서도 백운이 수행자의 모습도 되고, 수행자의 도반(道伴)이 된다. 출가를 해서 구름을 벗 삼고, 여기저기 물길을 좇아 오가며 살았던 날들이 엊그제 같은데 벌써 40년을 코앞에 둔다.

이럴 때는 무상(無常)하다! 무상이란 덧없음을 말하는 것으로, 영원하지 못하다는 뜻이다. 영원하지 못하다는 것은 시시각각 흐르는 시간, 변천(變遷)이 한 번 스치는 순간으로부터 다시는 그 자리에 돌아오지 않음을 인지하기 때문이다.

세상에 모든 존재하는 양상(樣相)이 영원성이 없다는 것은 배우고 아니 배우고 문제를 떠나, 누구나 다 알 수 있고, 느끼는 것이다. 다만 알고 느끼는 것이 같지 않을 뿐이다. 이것은 절절한 체험과 경험에서 알고 느끼는 것과, 그저 기록을 통하거나 들어서 아는 것과는 다르다는 것이다.

백운을 벗하며 수행의 길에 머문 날들이 어언 40년, 생각하면 산천이 몇 번이나 바뀐 시간이 흘렀다. 그러나 되돌아보면 흘러간 시간이 무상하다고 여기지만 그렇게 헛되게 보내지만은 않은 것에 위안을 삼는다.

본시 출가의 본뜻은 생사 대사(生死大事)를 해결하는 것이다. 이제 생사의 경계에 끌려가지 않음을 알았으니, 내 가슴속에 수미산(須彌山)이 요동치고, 날마다 겁 밖의 노래가 한 물결의 심원(心圓)을 그리니 나는 오늘도 둥실둥실 두둥실 춤을 춘다네.

거거무절인생로 去去無絶人生路
고고역고항부족 顧顧亦顧恒不足
기처기행도난식 幾處幾行都難識
단기승무부인거 但冀僧無負人去　(제운 頌)

가고 가도 끝없는 인생길

돌아보고, 돌아보고 또 돌아봐도 늘 부족한지라

어느 쯤에서 머물고 어느 쯤에서 가야 할지 도무지 알 길
없어라

다만 바란다면 중으로서 사람들에게 짐 되지 않고 살다
가리.

인생의 길은 누구나 같다. 여기에 누가 무엇이라 들이대겠는가? 잘사
는 사람 못사는 사람, 돈이 있고 없고 하는 것은 인생이라는 짧고도 긴 여
행에 있어서 가는 목적이 다를 수 없다. 쉬운 말로 하자면 모두가 죽음의
골짜기를 향하고 있다 하지 않을 사람, 그 누구인가? 다만 그 골짜기에 떨
어지지 않으려고 힘든 고난의 언덕을 오를 뿐이다.

인간은 같은 조건으로 세상에 나오긴 했는데 앉고, 눕고, 서고, 머물고
행함에 차이가 있다. 차이란 그저 남이 달리니 따라 달리고, 남이 서니 따
라 서는 그런 사람들이 많다는 것이다. 남 따라 가지 않고 스스로가 길을
알고 가는 사람이 얼마 되지는 않겠지만, 그 목적지를 알고 간다면 그는
되돌아보는 삶이 헛되게만 보낸 삶은 아닐 것이다.

나 역시 승려로서 중생을 어쩌고 하는 말은 하지 않겠다. 다만 이 사바
세계에 머물다 가는 동안 남에게 해를 끼치지 않고, 고요한 바람처럼 슬며
시 가고 싶을 뿐이다. 그것이 이렇게 살아온 나의 삶에 하나의 바람이다.

나, 제운(堤雲)

항하(恒河. Ganges)에서 고원(高原. Pamirs) 넘어

군생(群生)과의 소통, 그리고

전법(傳法)의 사자(使者) Dharma

팔대산인(八大山人)을 좇아서

True Life 위하여

경산(京山)의 품에서 도륜(度輪)을 사모함은

강물은 내 어미의 젖줄

어릴 적 소 먹이며 꿈꾸던……

사문(沙門)은 늘 넘어야 할 마루에

Bring to your heart

나는 기다림의 미학(美學)이되어

하늘 높이 나는 기러기 쯤.

필사한인지소식(畢事閑人之消息) 일 마친 한인의 소식

세상인간득지(世上人間幾得知) 세상 인간이 몇이나 알까

(2012년 4월 6일, 선묵전 권두시)

발문

절대자로 향하는 애절한 마음의 기도

1. 출가 사문의 예술

제운 스님은 다재다능하다. 출가 사문(出家沙門)인데도 불구하고 끊임없이 선화(禪畵)를 그리고 산문을 쓴다. 어디 그것뿐인가. 지난 겨울에는 한 묶음의 시를 써서 시집을 출간할 계획이라면서 내게 보내왔다.

스님이 시를 쓴다는 것은 익히 잘 안다. 이천년도 초입(初入) 스님은 〈현대시〉의 자매지인 '시를 사랑하는 사람들'을 통해 시단에도 등단한 시인이다. 화가에 서예가에 거기다가 시인으로서도 그 이름을 올렸던 것이다. 그 사이 십여 권의 책도 발간했다. 작년에는 용문사 뒷방에서 정진을 하며 마음을 다스리고 쓴 주옥 같은 산문들을 묶어 『산문의 향기』라는 책도 발간했다. 참으로 그 필력이 대단하다. 1972년 해인사에서 출가를 하고 동화사, 법주사 등에서 수선 안거를 하시다가 문인화가이며 미술

평론가인 석도륜(昔度輪) 선생으로부터 사사(師事)하고 문인화가로서의 길을 걸었다. 그 후 1990년 예술 대제전 초서 부문에서 당선이 되어 문인화가로서 그 빛을 발해 서울 경인 미술관 등에서 〈제운 달마 산책전〉 등 개인전을 열기도 했다.

현재는 용문사에서 정진을 하고 있으며 인터넷 신문 데일리안 문화 칼럼리스트로 왕성하게 활동을 하고 있다. 뿐만 아니라 적조사, 자장암, 원효암, 도솔암, 정광사 등의 주지를 역임하면서도 틈틈이 글을 써『너는 금생에 사람노릇 하지 마라』, 『달마 산책』, 『산사의 주련』, 『나를 찾아 떠나는 선시 여행』 등 10여 권의 책도 발간하셨다.

그림을 그리고 글을 쓴다는 것은 마음을 제대로 다스리지 않고서는 불가능하다. 세속의 때와 먼지에 쌓인 나로서는 스님의 그 예술적 끼를 제대로 따라갈 수 없다. 왜냐하면 선화를 하고 붓을 치고 시를 쓰고 산문을 쓰는 일은 곧 스님에게 있어 하나의 생활이며 수행이기 때문이다.

사실, 시를 쓰고 그림을 그린다는 것은 개인적인 소질만으로는 곤란하다. 어릴 적부터 내재된 천부적인 재능이 뒷받침이 없다면 시작하기도 어렵다. 나는 어느 날 스님이 시와 산문을 쓰고 선화를 그리는 것에 대해 몇 가지 의문이 생겼다. 도대체 그 타고난 끼는 어디에서 나온 것일까? 곰곰이 생각을 했던 것이다. 그러나 그것은 기우였다.

스님의 속가(俗家) 형님이 유명한 소설가인 강경호 씨(한국 소설가 협회 상임 이사)였던 것이다. 그는 모험이나 공상, 낭만 등 소재가 다양한 장편 소설을 썼으며 현실 사회의 마이너리티인 노동

자들의 고단한 삶의 궤적이나 비극적 운명을 그린 단편 소설들을 발표하여 문단의 주목을 받은 소설가이다. 그런 속가의 형을 둔 스님에게도 자연스럽게 문운(文運)이 깃들 수밖에 없다. 그렇게 보면, 스님이 왜 글과 시를 공부했는지를 단번에 알 수가 있다. 피는 속일 수가 없다. 어릴 적부터 스님에게도 문학적 재능이 몸속에 잠재되어 있었음을 알 수가 있다. 출가 사문의 길을 걷지 않았다면, 어쩌면 스님도 뛰어난 문인의 길을 걸어갔을지도 모른다는 생각이 들었다.

원래 시(詩)란 자연이나 인생에 대하여 일어나는 감흥과 사상 따위를 함축적이고 운율적인 언어로 표현한 것이다. 그런데 시를 한자로 쓰면 말씀 언(言) 변에 절 사(寺) 자가 합쳐진 것이다. 결국 시는 절에서 흘러나온 것인지도 모른다. 절 속에 담긴 풍경과 스님들의 말씀이 모두 시인 것이다. 불교적 사상에 어릴 적부터 심취해 있는 나로서는 스님의 시적 재능과 예술적 재능을 사랑할 수밖에 없었다.

2. 절대자에 대한 그리움의 시

오늘도 늘 대하는 당신이지만 /나에게 있어 당신은 늘 기다림입니다. // 당신의 그림자가 나를 감싸고 돌 때면 / 떨어져만 갈 것을 나는 애태운답니다. (중략) 고독의 보석처럼 빛나는 나의 눈물 방울 보일 때면 / 뜨거운 포옹으로 성큼 나에게로 다가와 // 한줄기 빗물 되어 나를 적셔 주는 / 당신은 나에게 무엇입니

스님은 그지없이 너그럽고 순박하다. 사문(沙門)인데도 일 년에 한두 번씩 만날 때면, 머리에 있는 무명초를 깎지 않아 듬성 듬성 나 있고, 수염은 고슴도치처럼 나 있다. 일 년 내내 절에서 스님들과 함께 지내는 나로서는 제운 스님의 그런 모습이 때론 낯설다. 그러나 따지고 보면, 나는 그런 스님이 너무나 좋다.

스님은 나를 만나면 언제나 한 뭉치의 그림이나 글, 그리고 시들을 보여 주신다. 아마 그림을 그리고 글을 쓰는 시간 때문에 무명초는 물론, 수염 깎을 시간조차 없었으리라. 지독한 노정(露呈)이다. 투박한 경상도 말씨 속에 숨은 스님의 진언(眞言)인 그림과 글들은 그렇게 탄생했다.

스님의 시들을 한밤중에 일어나 꼼꼼하게 읽어 본다. 시인이면서 시를 쓰지 않는 나에게 어느 날 갑자기 시를 쓴 뭉치를 던져 주시는 스님. 나는 그런 스님이 너무 좋고 때론 경이롭다. 그런데 한술 더 떠 나에게 발문을 써 달라는 요청을 받고 아연실색을 했다. 내 마음속에서 시의 잔상(殘像)이 흘러나왔다. 그런데 스님의 시를 읽고 또 한 번 더 실색을 할 수 밖에 없었다. 아뿔싸! 출가 사문의 시인데도 불구하고 그 시 속에 담긴 치열한 그리움은 도대체 무엇인가?

스님은 법랍이 40여 년이 넘는 종사(宗師)이다. 그런 스님에게 있어 부처님은 하나의 그리움의 대상이다. 하지만 그 긴 세월 동안 아침저녁으로 매일 곁에 두고서도 가 닿을 수 없는 연인(戀人)인 것처럼 부처님은 멀고 멀다. 그래서 스님은 '오늘도 대하

137

는 당신이지만' / 나에게 있어 당신은 늘 기다림입니다.'라고 그 심정을 토로하고 있다.

　이것은 하나의 고독이다. 곁에 있으면서도 이름을 부를 수 없는 괴로움은 상상할 수 없는 절망으로 밀려든다. 더욱 무서운 것은 늘 자신의 그림자가 되어 주시던 부처님이 어느 날 갑자기 '떨어져만 갈 것을 애태우는 것'이다. 그러나 부처님은 그런 스님에게 있어 영원한 존재이며 절대자이다. 절대자는 괴롭고 힘이 부쳐 고독의 보석처럼 힘든 눈물을 보일 때는 '뜨거운 포옹으로 성큼 다가와서' 하늘에서 내리는 한줄기 빗물처럼 그러한 고독감을 씻어 준다. 하지만 스님은 또다시 부처님에게 이렇게 되묻는다. 정작 '당신은 나에게 무엇입니까?'라고 말이다. 참으로 가슴이 뭉클해지는 한 편의 연시(戀詩)이다. 이러한 그리움은 다음 시편(詩篇)으로 치열하게 이어진다.

　'밤이 멈춘 자리 / 간간이 들려오는 휘파람새 소리 / 번뇌의 비늘 떨쳐낸다. // 소림(少林)의 노자(老子)가 / 한 떨기 숲에서 목내밀고 (중략) 한 티끌 한 홀도 용납되지 못하는 / 공문(空門) 속으로 공문 속으로 // 놓아 버려라, 놓아 버려라 / 무엇 하나 버릴 것 없어(不捨一法) // 하얀 밤이 다하도록 / 고요와 시름하는 삼무차별(三無差別) // (중략) 본래 구할 것도, 버릴 것도 없는데 / 무엇을 애써 찾나, 허허. - 시 〈공문(空門)에서〉 중에서

　불가(佛家)에서 공문(空門)이란 진리에 드는 관문을 뜻한다. 스님에게 있어 곧 공문은 선화와 시이다. 간간이 들려오는 휘파람

새 소리를 들으며 밤의 시간이 흘러가는 줄도 모르고 그림을 그리고 시를 쓰면서 자신의 몸을 휘감는 번뇌의 비늘들을 스님은 떨쳐 내고 있다. 그럼, 그 번뇌의 비늘들은 무엇일까? 범속의 사람들에게는 잡다한 영욕과 명예이겠지만, 스님에게 있어서의 번뇌는 바로 성불을 이루기 위한 공부를 하지 못하는 죄책감인지도 모른다. 그러나 생각해 보면 스님이 선화를 그리는 것이나 시를 쓰는 일도 부처님에게 향하는 하나의 몸짓이다. 이것은 마치 '중국의 노자(老子)가 한 떨기 숲에서 목을 내밀고 기러기와 벗하며' 사는 것과 다름없다. 그러나 스님에게 있어 벗을 삼는 것도 하나의 번뇌이므로 오직 진리 속으로 들어가기 위해서는 모든 것을 방하착(方下着) 하려고 노력하고 있는 것이다. 놓지 않고서는 결코 이룰 수 없는 공문이며 세상의 진리는 새와 바람, 풀, 그 어느 것 하나 버릴 것 없는 불사일법(不捨一法)인 것이다. 그리하여 스님은 마음과 부처 중생이 다르지 않다는 삼무차별(三無差別)을 깨달은 것이다.

그러므로 스님에게 있어 선화와 시는 하나의 진리로 들어가는 공문과 다름없다. 곧 선화와 시는 스님의 마음이다. 다음의 시를 살펴보면 그것은 더 확연하게 드러난다.

'마음은 흐르는 물과 같아서 / 때때로 생멸을 거듭한다. // (중략) 마음은 어느 때는 / 원숭이처럼 오욕의 나무 아래에서 놀기도 하고 / 어떤 때는 하인이 되고, 주인이 되고 도둑이 되나니 // (중략) 그러한 마음이 작용을 함에 작용을 잊고 / 변하고 변하지 않는 / 항상 신령(神靈)한 방광(放光)을 하느니라. –시 〈마음〉 중에서 마음은 과거도 없어요 / 마음은 현재도 없어요 / 마음은 미래도 없어요. // (중략) 마음은 본시 있는 것이 아닌데 / 분별하고 시기하고 욕심을 내지요 // 마음이 무엇인지 알고자 하면 / 흐르는 물에서 원숭이의 긴 휘파람 소리를 들어 보세요. ―시 〈마음에 대하여〉 중에서

불교는 마음 공부를 하여 성불을 이루는 데 있다. 그런데 그 마음이란 놈은 언제나 흐르는 물과 같아서 변화무쌍해서 알 수가 없다. 또한 생겼다가 사라진다. 오욕의 나무에서 노는 원숭이와 같고 하인이 되었다가 주인이 되고 때론 도둑놈이 되는 것이다. 출가 사문에게 있어서도 분별하고 시기하고 욕심을 내는 그 마음 작용을 무시해야만 성불을 이룰 수가 있다. 그래서 스님은 그 마음을 제어하고 다스리기 위해 끊임없이 선화와 시를 쓰고 있는 것이다.

내가 스님을 생각해 보면 그는 선화처럼 살고 시처럼 산다. 경상도의 말투가 그렇고 덥수룩한 스님의 수염이 그렇고 무명초가 한없이 자라도 깎지 않는 스님의 모습이 그렇다. 그렇다고 해서 스님은 본분인 출가 사문의 길을 허투루 가지 않는다. 이른 새벽이면 반드시 부처님 전에 예불을 보고 사경을 하듯 스님은 하루하루를 부처님만을 생각하면서 수행자의 길을 가고 있는 것이다.

3. 서정과 선의 깊이를 노래하다.

스님들은 세속의 사람들과 달리, 평생을 자연 속에서 파묻혀 수행 생활을 하며 산다. 그것이 바로 스님들의 삶이기도 하다. 그래서 자연을 바라보는 스님들의 시각은 결코 예사롭지 않다. 더구나 그 스님이 선화와 시를 쓰는 예인(藝人)이라면 어떨까? 봄, 여름, 가을, 겨울 사계(四季)가 흐르는 산속에서 새소리, 바람 소리, 물소리를 들으며 매일 깊은 명상에 빠지다 보면 자신도 모르게 시가 생각날 것이다.

아마 제운 스님도 마찬가지일 것이다. 봄이면 봄의 전령인 꽃 향기를 맡고, 여름이면 푸른 나무들을 집 삼고, 가을이면 붉은 낙엽들을 보고, 겨울이면 얼음장 같은 찬 물소리에 몸과 마음을 씻고 사는 스님에게 있어 자연은 곧 시이고 노래이다. 그래서 스님의 시 소재들은 대개 〈나무〉, 〈꽃〉, 〈이슬〉, 〈구름〉, 〈그리움〉들이다. 다음의 시를 읽어 보자.

'곱게 화장한 한 떨기 잎이여 / 그대 / 아직 못 다한 노래라면 (중략) 다시 곱게 단장할 그날 기다리겠지요 // 싱그럽던 지난날 들 / 그리움으로 벗으려 하겠지요 / 그러려니 그렇게 운명이라 넘기려 들겠지요. ―시 〈가을 노래〉 중에서

가히 절창이다. 가을 나무는 붉은 잎을 떨어뜨리고 겨울의 눈 부신 설화(雪花)를 기다린다. 그래서 '아직 못 다한 노래'를 하면 서 '다시 곱게 단장할 그날'을 기다리고 있는 것이다. 그날은 바

로 설화를 피우는 겨울이며 이러한 고난을 겪고 봄에 파란 생동의 잎을 피우게 된다. 이것이 바로 나무들의 운명이다. 사람의 목숨은 한 번 가면 그만이지만 나무는 자신의 몸을 벗고 허물을 벗고 또 다른 생을 기다리면서 수백 년을 산다. 자연은 그래서 위대한 것이다. 스님은 그것을 시인의 눈으로 바라보고 다시 이렇게 노래한다.

'너의 마른 모습이 애처롭다 / 엄동설한이 야속하지도 않은 듯 / 눈이 와도 그 자리를 지키고 / 비가 와도 늘 그 자리 / 너의 모습이 애처롭다. // 앙상한 너의 살붙이들 / 비늘 떨어져 나가듯이 / 오늘도 그렇게 떨어지겠지 // 나무여 / 나무여 / 겨울 나무여! -시 〈겨울 나무〉 전문

자연을 바라보는 스님의 눈은 한 편의 선화요 시이다. 겨울 나무가 비가 오나 눈이오나 엄동설한을 견디고 꿋꿋하게 그 자리에 묵묵하게 서 있는 모습이 스님의 눈에는 애처롭게 보인다. 심지어 자신의 살붙이들인 잎과 목피(木皮)들이 떨어져 나가도 한 생을 견디고 나가는 그 모습을 바라보는 스님의 마음은 가이없이 측은하다. 그러나 그것이 또한 삶임을 예감하고 스님은 '나무여 나무여 겨울 나무여'하고 노래하고 있는 것이다. 이렇듯 스님은 읽는 이가 시를 잘 이해하도록 언어를 적재적소에 잘 갈무리하고 있다. 말하자면 스님의 시세계는 슬프디 슬픈 격조의 노래로 다시 태어나고 있는 것이다. 남이 이해할 수 없는 시는 어렵다. 그리고 스님의 시는 놀랍게도 솔직하다. 그 속에는

미사여구가 담겨져 있지 않아 마음을 그대로 울리는 하나의 선시(禪詩)이다. 다음의 시를 보자.

'저녁연기 피어오르고 / 창살은 빗물에 젖어 / 영계(靈溪)의 물소리 더해도 / 조주(趙州) 차 한잔에 / 주객(主客)의 경계 끊어지니 / 삼세불(三世佛)도 그대로요 / 범성(凡聖)도 분명해서 / 청산(青山)은 부동(不動)이요 / 유수(流水)는 바람이어라. / 어젯밤 관음(觀音)의 소식을 아는가, 난초 잎에 이슬 꽃이어라.' –시 〈이슬 꽃〉 전문

이 시에서 등장하는 조주 선사는 중국 당나라 때의 임제종스님이다. 조주 스님은 납자(衲子)를 접함에 '차'로서 법거량(法擧量)을 많이 하셨다. 우리에게 많이 알려진 '조주의 무(無)'자 화두 등이 대표적인 공안인데 스님들이 차를 함께하면서 주고받는 거래가 조주의 공안과 다르지 않기 때문에, 끽다(喫茶)를 하는 순간, 온갖 의단과 근심을 놓아 버리면 경계가 끊어져 주객이 없게 된다.

제운 스님은 이 조주의 경계를 두고 '이슬 꽃'이란 한 편의 시로서 승화를 시킨 것이다. 그렇다 차 한 잔에 삼라만상의 경계가 있으며 차 한 잔에 깨달으면 부처요, 깨닫지 못하면 범부임을 밝히고 있는 것이다. 그래서 스님은 '청산은 현상으로서, 푸르기도 하지만 부동(不動)이라 주인도 되며, 어느 때는 진여(眞如)며, 법성(法性)이 된다.'고 표현을 한 것인지도 모른다. 이 시는 자연에서 선의 깊이로 한 단계 나아간 시라고 할 수 있다. 곧 아침이슬이 관음(觀音)의 소식이며 선임을 깨닫는 시인의 눈은 결코

예사롭지 않다. 또 다른 한 편의 시를 감상해보자.

무엇이 금강이냐 / 미친개는 몽둥이가 제법이지 // 무엇이 마음인가/ 졸릴 때 황 촛불 앞에 얼굴을 대 보거라 // 무엇이 도인가 / 짜증나게 굴지 마라 / 갈증 나면 냉수 한 잔이면 어떨까 // 이것저것 분별해 봐도 / 남는 것 없고 / 있다 없다 해도 오가는 것 없는데 // 허상(虛想)의 공깃돌만 세는구나. 쯧! —시, 〈도리(道理)〉 전문

조소에 가깝게 세상을 바라보는 한 편의 선시이다. 그렇다. 진리(금강)란 없다. 그저 미친개에게 몽둥이가 제격이듯이 온전한 마음이란 없다. 그저 졸릴 때 잠자고 배고플 때 밥 먹는 것이 도(道)임을 밝히고 있다. 아무리 영욕과 명예를 좇아가도 오직 그것은 남는 것이 없고 허상의 공깃돌이라는 것을 전해 주고 있는 것이다. 그렇다. 생(生)이란 스님의 시처럼, 하나의 허상에 불과한 것인지도 모른다. 인간은 그저 자연의 일부이며 객(客)일 뿐 주인이 되지 못한다. 다만, 대자연의 이치를 좇아 짧은 생을 살 뿐이다.

4. 그림과 시는 성불을 위한 화두

스님은 낡은 갤로퍼 차를 끌고 외출을 한다. 스님의 사계가 그 속에 모두 들어 있다. 덜덜거리며 앞으로 나아가는 차 소리

처럼, 스님의 마음속엔 세계의 일상이 모두 선화이며 시이다.

나는 시인으로서 불교인으로서 그런 스님을 한없이 좋아한다. 그런 스님께서 또 한 권의 시집을 묶어 세상에 내놓는다. 나는 그런 스님의 모습을 보고 언제나 깊은 감동을 받는다. 때론 스님 앞에 서면 한없이 부끄러워지기도 한다.

삶은 하나의 화두이다. 스님에게 있어 그림과 시 또한 화두인 것이다. 그 화두를 붙잡고 출가 사문으로서 30여 년 간을 밤낮 없이 정진하는 스님의 모습을 바라보면 새삼 좋아진다. 그가 바로 부처이고 불보살이 아니겠는가.

요즘 세상 사람들은 자의에 의해 세상을 살아가지 못한다. 나 역시 타의에 의해 세상을 살고 있는 한 사람이다. 그런 나에게 생의 참 모습이 어디에 있는가를 보여 주는 제운 스님이 늘 존경스럽다.

올 겨울 눈이 내리면 스님이 계신 용문사에 가서 스님과 함께 겨울 나무에 핀 설화를 보고 싶다. 그리고 조용히 차 한잔 하고 돌아오고 싶다.

– 시인 정성욱(호는 법안) 동아일보, 부산일보 신춘문예 등단

제운提雲 스님

본명 姜光浩. 부산 출생.
1972년 해인사 입산. 동화사 법주사 등에서 수선修禪. 범어사 승가대학에서 사교 과정 이수. 동국대학교 불교대학원 불교사 전공. 제2교구 본사 용주사 교무국장, 수원지검 소년 선도 위원, 조계종 중앙 포교사 역임. 일붕삼장대학원·적십자 연수원·화성 지역 불교 청년회 등에서 강설 및 지도 법사 역임. 적조사·자장암·원효암·도솔암·정광사 등 주지 역임.
문인화가, 평론가 석도륜昔度輪 선생 사사. '90 예술 대제전' 초서 부문 당선. '시' 전문지 『시를 사랑하는 사람들(현대시)』 추천 완료.
현 용문사에서 정진.

전시 : 경인 미술관, 제운 달마산책전 등 개인전 2회
저서 : 『너는 금생에 사람노릇 하지 마라』, 『달마 산책』, 『오가 밥상』, 『그대 안에 수미산도 다 놓아버리게』, 『채근담』, 『내 마음의 이야기』, 『산사의 주련』(공저), 『그대 마음을 가져오라』, 『나를 찾아 떠나는 선시여행』, 『산문의 향기』 등.

당신은 나에게 무엇입니까

초판 1쇄 발행 2012년 3월 10일
지은이 | 제운 스님
펴낸이 | 이의성
펴낸곳 | 지혜의나무
등록번호 | 제1-2492호
주소 | 서울시 종로구 관훈동 198-16 남도빌딩 3층
전화 | (02)730-2211 팩스 | (02)730-2210
ⓒ지혜의나무

ISBN 978-89-89182-88-7 03810

* 잘못된 책은 바꾸어 드립니다.